KB060152

청어詩人選 379

나는 왜
가슴이 뛸까

이승일 시집

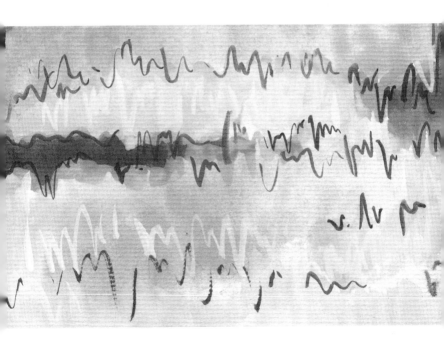

청어

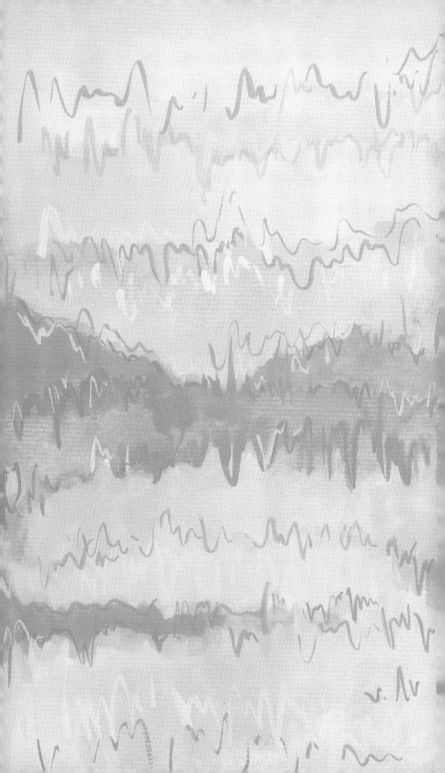

나는 왜 가슴이 뛸까

이승일 시집

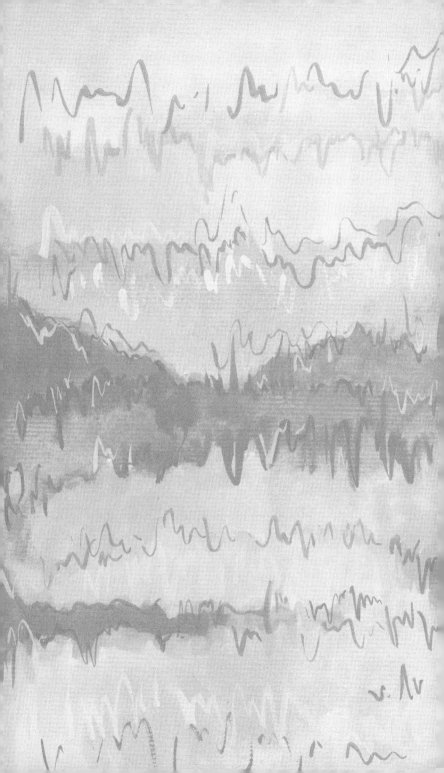

북소리

둥

둥 둥

가슴을 파고드는 햇살

바람이 가로수에 등 비비고 있어

둥 둥 둥

거미가 설계를 해

양지와 음지

매끼 밥만 먹고 살순 없어

둥 둥 둥 둥

바꾸겠어

내 안에 갇혀있는 바퀴벌레들을

무협지 속에 주인공처럼

둥 둥 둥 둥 둥

이승일 지음

차례

제2부   거칠 게 없는 계절

제3부 폼 나는 계절

제4부 아름다운 계절

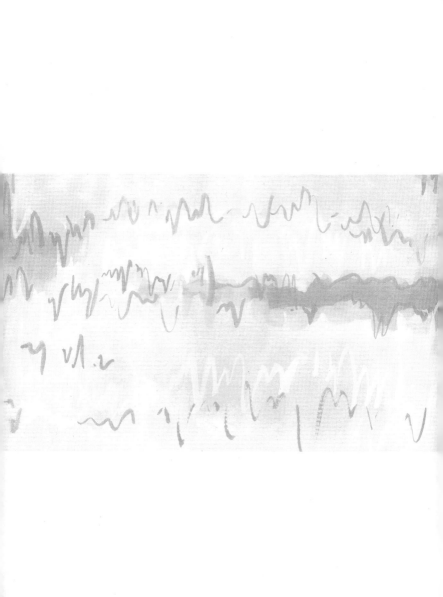

나는 왜
가슴이 뛸까

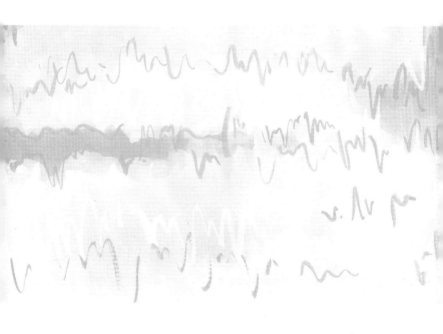

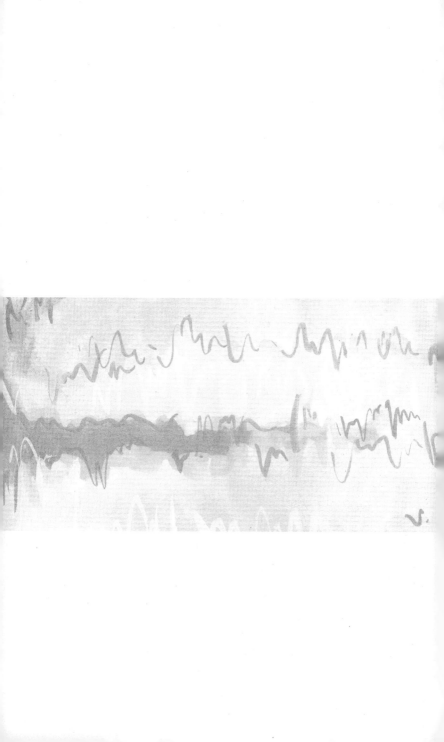

제1부

신비로운 계절

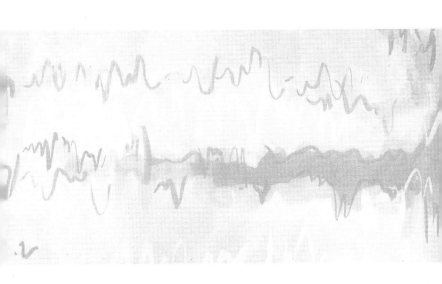

사랑

실바람이 고요한 개울에
파장을 일으키며
작은 모래알을 괴롭히고
부풀어 오른 버들강아지
흔들릴 때마다
따스한 햇살 미소 짓고
골목길 아이들 손잡고
걸어가는 소리 들려오면
싱그러운 너의 얼굴 떠오르고
서둘러 오늘 일 마무리하고
집으로 향한다

환절기

햇살이 콩알만큼 열려있는 문으로
벌통 안을 들여다보고 있다
육아 냄새 꼼지락거리는 애벌레 소리
벌들이 기어 나온다
태양을 향해 힘껏 날아오른다
몸속에 찌꺼기를 전부 쏟아내고
몇 마리는 메마른 풀잎에 앉았다가
해 떨어지는 소리 듣지 못해
빳빳하게 얼어붙었다
몇 마리는 오리나무 꽃가루를
뒷다리에 매달고
엉금엉금
벌통 안으로 기어들어간다

보고 싶다

날갯죽지에 머리 파묻고
냇가 바위에 앉아있는 물오리
파닥이며 물살을 가르는 피라미
미소 짓는 개나리
산기슭에 진달래
벚나무 가지에 참새가 앉는다
한 마리
두 마리
세 마리
시계 초침은
들판을 달리고
논두렁에 새싹이 엄지척한다

제비꽃

만나보고 싶다
거기면 좋겠다
양지바른 풀밭
첫눈에
반하지 말기를

봄 이야기

냇가길
발자국 소리에
참새들 날아오르면
물속에 잉어 떼가 쳐다본다
제비꽃 할미꽃 개나리 진달래 어린 풀잎
눈 맞추고
햇살이 양쪽 뺨을 오가며
뜨겁게 하면
입술에 촉촉한 감촉 살아나고
바람 소리 귓가를 맴돌며 웃는다

매화꽃

미세먼지로 질식할 것 같은 날들 속에서도
꽃망울 열고 나뭇가지마다 활짝 피어나고 있다
철없는 날 밤새도록 친구들과 어울려 놀다가
한나절이나 되어서 일어나면
어머니가 차려주는 밥상에 맑은 콩나물 국물처럼
미안한 마음에 새로운 각오가 생겨나듯
달콤한 향기가 가슴을 살랑이게 한다

봄비

서두르지 않고
보채지도 않고
확실하고
정확하게
땅속에서 생명들을 끄집어내고 있다
나만 까다롭게 군다
텃밭에 상추 모종 다치지 않게 살살 내리고
고구마 순 심을 때도 부탁하고
고추 모 심고 난 다음에도 알맞게 오라고

목련

이 밤에 당신은 백조처럼
길가에 서서 무엇을 보고 있나요
가슴에 새겨놓은 글씨를 읽고 있나요
낯익은 목소리 들리지 않던가요
어스름한 하늘에 웅성거리며 떠다니는
당신의 향기를 잡으려고
투덜대며
스치며 지나갔지요
기력이 없으신가요
걸음 걷기가 싫으신가요
보고 싶다 해보세요

꽃샘추위

눈이 오다가 비가 오다가 그쳤다가
눈비가 섞여오다가 찬바람이 분다
사촌이 땅 사면 배 아픈 것처럼
날씨가 오두방정을 떨고 있다
밭둑에 개나리 넝쿨 걷어내고
구기자나무 심을까
그 위 산비탈에는 진달래 철쭉 베어내고
단감 호두 대추 묘목 몇 그루 사다 심을까
그 옆에 칡덤불 뽑아내고
더덕 도라지 씨도 한줌 뿌려 놓을까
화장실에서 설익은 거름 냄새가 날아온다
구더기 생기지 않도록
할미꽃 몇 뿌리 캐다가 넣어야겠다

나를 슬프게 하는 것들

불쑥불쑥 내미는 새싹을
밟고 가는 진눈깨비
어머니가
나이 들어가는 나에게
잘 있는지 묻는다
언제나 조심하라고
감기 기운 있다는 아들에게
병원 가서 주사 한 대 맞으라 했다
봄은 왔는데 눈이 내린다
밤새 떨고 있을 꽃망울들

희망

뻥 뻥 뻥
터져 나오는 향기
갓 태어난 꽃술
달콤한 꿀물
지루할 시간도 없이
빨려들고 싶다
내일도
모래도
언제나

채식주의자

아내는 요즘 상추 들깻잎 케일 치커리 양상추
브로콜리 파프리카 당근 생고구마에
밥은 아주 조금 준다
소식하고 건강에 좋은 음식만 먹으라 한다
그런데 배가 고프다
세상은 온통 복숭아 살구 벗 앵두나무 가지마다
소고기육회 광어회 아나고회 초밥이
펑 펑 튀어 나온다
눈으로라도 실컷 먹지 않으면 마음이 아플 것 같다

벚꽃

콧등이 움직인다
미역국 냄새가 난다
숨 한번 크게 들이마시면
살갗이 터지고 해산을 한다
그대는 매년 이맘때면 만삭이다
부끄러워할 줄도 모른 채

할미꽃

왜 고개를 숙이고 있어요
세상을 달리다 숨이 차서 쉬고 있단다
누구를 위해 기도를 드리는 줄 알았어요
항상 마음속으로 아들딸아
맑은 눈으로 살아라
기도하지
햇볕
너는 누구를 위해 기도한 적 있나
사람들은 나를 오랫동안 바라보면
가슴이 메말라 간대요
그땐
바람님 구름을 몰고 와서
비를 내려 주소서 하지요

광교산

참나무 가지 끝에 무너져 내릴 것 같은
꽃무더기 속으로 파고드는 꿀벌
나무 밑에 묵은 가랑잎 들썩이며
미소를 머금고 뛰어다니는 다람쥐
파랗게 돋아나는
나뭇잎 사이로 불어오는 바람소리
사방에 꽃냄새 맡고
노래하는 새들
길가 작은 웅덩이 속에 올챙이
나를 반기네

코로나 바이러스

인간 세상이 멈추어 섰다
꽃들은 여전히 꿀벌에게 젖꼭지를 물리고
한가로이 일광욕을 즐기고 있다
하늘이
인간들만 우주에서 쏙 빼 삶과 죽음의 경계에서
어느 누구도 자유로울 수 없게 단체 기합을 준다
나의 욕심이 인간들의 욕망이 멈출 때까지
자연의 질서가 회복될 때까지
강남의 사모님들이 몸빼바지 입고
시골 가서 김매고
시골 아낙들은
백화점에서 정장 고르며 즐길 때까지
잊지 말자
아침에 일어나 미소 짓고
낮에 일하고
저녁은 서로를 위로 하고
밤이면 무지개 꿈꾸고
하얀 벚꽃을 배경으로 붉은 진달래꽃을 배경으로 파란 하늘을
배경으로 가족들과 친구들과 폼 잡고 사진 찍고 그대 손 잡고
걸어갈 때를

코로나 바이러스가 간대요

마스크를 벗었다
상쾌한 공기가 온몸을 헤집고 다닌다
주꾸미 먹을까
해물탕 먹을까
강원도 갈까
제주도 갈까
카네이션 두 송이 사야지
장미꽃도 한 송이 사야지
그대 얼굴 보고 심장이 껑충 껑충 뛴다

4월은

4월에 엄마 옷은 파랗게 얼룩이 있다

4월에 엄마 머리에서는 훈제한 살코기 냄새가 난다

4월에 엄마는 아침이면 개미처럼 나가셨다 저녁이면

호박벌처럼 하고 오신다

4월에 엄마 배낭에는 낫 하나 자루 3개 물 한 병 비닐봉지에

밥 한술 김치 한 봉지가 있다

4월에 엄마는 늦은 저녁에도 가마솥에 불 지피고 취나물 다래

순 고사리 데쳐서 마당에 비닐 깔고 늘어놓는다

4월에 엄마는 정글모자 눌러쓰고 몸빼바지 입고 운동화 끈 조

여 매고 시루봉에 다람쥐같이 다닌다

라일락꽃

보랏빛 향기에 이끌려 다가간다
내 발자국 소리 알고 있었지
내 불붙은 마음 알고 있었지
내 달콤한 목소리 알고 있었지
내 따뜻한 체온 알고 있었지
발걸음 멈추게 하고
이파리 입에 넣고 씹을수록
행복해진다고
잔인한 비명 소리
얄미운 미소

작약꽃

너를 보고 있으면 속병이 난다
꽃이면 꽃이지
병 주고 약 주지 않는다면
무슨 꽃
봄이 가고 있다는 걸 안다면
겸손할 줄 알아야지
살포시 웃고만 있으면
어떻게 하라고

짝꿍

수박이 될래
참외가 될래
오이풀 한 줌 쥐고 무릎 위를 살살 때리다가
코끝에 대고 하늘 향해 고개 젖히고
눈을 감고 음미한다
참 좋다 수박 냄새
참 좋다 참외 냄새
이렇게 계속하면 진짜 수박이 보인다
이렇게 계속하면 진짜 참외가 보인다
산 아래 우리 집도 보이고
꾸불꾸불 흘러가는 냇물도 보이고
길가에 느티나무도 보인다
어미 소 가랑이 밑에 송아지
엄매 엄매 때를 쓴다
나는 수박 맛
너는 참외 맛
내일 또 만나자

화해

풀밭에 엎드려
하얀 클로버꽃으로
꽃시계 만들며
미안하다
앞으로 고운 말만 할게
오는 말이 고와야
가는 말이 곱지
하늘을 향해 돌아누우며
팔을 뻗어 손을 잡고 힘을 준다
시계 좀 봐라
배고프다
밥 먹으러 가자

산길

시원한 바람 불어오고
길가에 망초꽃 피어 있고
한적한 산길 둘이 걸어서 좋다
소나무 밑에 자리 잡고 쉬어갈 때
기댈 곳 있어 좋고
그대와 나 서로가 바라보면 미소가 흐르고
머리 위로 솔방울 커가는 소리 들려서 좋다

너를 응원한다

태양이 정오를 향해 갈 때
꽃들이 피고 지며
사랑해
하고
카드섹션 하듯이
주위에 사람들이 심술궂고 냉혹하게 굴어도
너는 세상에 살아있음을 증명하면 되는 것
나는 언제나 미소 짓고 손뼉 치며 응원한다

어버이날

엄마
아빠
아들 왔나
엄마
아빠
나왔어
예쁜 딸 어서 온나
아버지
다들 잘 있제
네
죄송합니다
어머니
밥은 잘 드시지요
맨날 먹는 밥 먹는 거라고 먹는다
스마트 폰 기능이 잘되지 않는다
아빠 이럴 땐 이렇게 하는 거야
아빠가 아버지가 되고
엄마가 어머니로 불리는 날도
웃는 얼굴 속에 담겨 있겠지요
아버지 어머니
사랑합니다
감사합니다

마지막 목소리

눈을 감는다
마누라 아들 딸 며느리 사위 손자 친척들 친구들
내 행복의 존재들 고맙다
아름다운 하늘 비옥한 땅 맑은 공기 깨끗한 물 산과 들
내 꿈의 근원들 고맙다
소 돼지 개 닭 고양이 염소 과일 채소 곡식들
내 생명의 원천들 고맙다
내 영혼을 머물게 한 육체
그동안 애썼다
마누라 아들 딸 냄새 향기롭구나
저 아시겠어요
이 서방 왔나

알 수 없는 종자

개구리가 울고 있다
끝없는 원망
약한 마음
아쉬움
비워버린 가슴
황홀한 안락함
행복한 흐느낌
아파서 야단이네

교감

축사 안이 조용하다
어미돼지가 신음소리를 낸다
모두가 눈꺼풀을 내리고 귀만 쫑긋하고 있다
거친 숨소리
물컹하고 피비린내가 나고 김발이 솟는다
탯줄을 자르고 따뜻한 전등불 밑으로 밀어 넣는다
어미돼지가 꿀꿀하고 지나가는 나를 불러 세운다
오롯이 솟아오른 젖가슴을 만져 달라고 몸을 옆으로 비스듬
히 눕힌다
손으로 젖꼭지를 쓰다듬어 준다
가끔은 지그시 눈을 감고 누운 채로 다가가는 나에게 반갑다
고 꽁지를 찰싹찰싹 친다
돼지 똥물이 내 입술을 타고 흘러내린다
나는 잡아먹을 듯이 인상을 그린다
어미돼지는 못 본 체하고 씽긋이 웃는다

강한 자

잡초 속에서 살아남을 여면
장미처럼 양귀비 입술을 닮아야 한다
잡초 속에서 살아남을 여면
백합처럼 천사 같은 맘을 보여주어야 한다
잡초 속에서 살아남을 여면
노랗게 피어있는 금계화처럼 금덩이를
금방이라도 줄 것같이 해야 한다
그대여 일 년에 한 번만이라도
내 맘에 쏙 들도록 해봐라
오늘은 바람도 불고 제초 작업하기 좋은 날씨다

오로지 한 사랑

내가 없어서 좋아 죽지
미친놈아
나를 생지옥에 보내놓고
춤추고 있겠네
좋은 말을 해야지
내가 집에 갈 때까지 밥 거르지 말고 술은 하루에 한 병씩만
드시고 건강하게 잘 있으소
이 망할 놈아
내가 없어서 좋아 죽지
내가 없어도 잘 처먹고 잘 있네
좋은 말을 해야지
속이 시원하다
저기 봐라
살구가 노랗게 익어가고 있다
시골집 앞산에 산 앵두도 빨갛게 익었을 텐데
한 알 따먹으면 떫떠름한 게 맛은 없지만 생각난다
그 맛을 알아
밭둑 위에 있잖아
옆에 산딸기도 있고
내일 아버지가 엄마 보러 요양원에 온다고 하네
뭘 하려고 오나
내가 곧 집에 갈 텐데

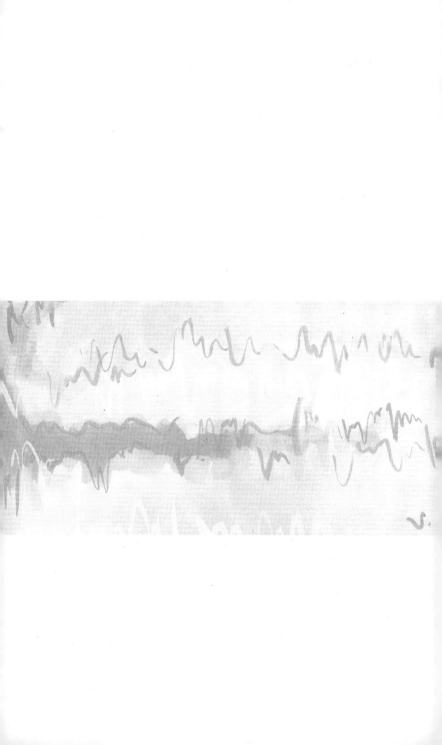

제2부

거칠 게 없는 계절

여름이 왔네

밤꽃 냄새가 온 동네에 진동한다
마늘 캐는 동네 누나가 휘감은 두건 사이로
살포시 웃음 짓는다
새하얀 밤꽃이 짙은 색으로 변해간다
꿀벌은 집으로 가지 않고
담장 위 장미꽃잎에 앉아있다
보리 익는 냄새
하얀 감자꽃
예초기 소리에 튕겨 나오는 풀들의 체액
축사에 송아지들이 날뛴다
냇물은 바닥을 드러내고
아줌마들 치맛자락 움켜쥐고
다슬기 줍는 모습도 보인다
밤나무 옆 텃밭에는 나이 든 어르신이 물 주기에 바쁘다
풋고추가 많이도 열렸다

아름다움이여

장미꽃 넝쿨이 담장 넘어 길가에 늘어져 있습니다
다가가 손끝으로 살짝 건들려 보았습니다
가슴에 달라붙어 떨어지지 않으려 합니다
입을 열려고도 하지 않습니다
옆에 있는 풀잎을 보았습니다
봉선화 채송화 나팔꽃 백일홍이 곧 핀대요
조금은 알 것 같습니다
눈가에 주름이 생길까 봐 걱정이 되는 모양입니다

하짓날

감자
마늘
잎이
환갑이다
장마가 오려나
하늘에 구름이 잔뜩 끼어있다
아버지 어머니는 점심 드실 새도 없어
뱃가죽이 등에 붙어있다
우리들은 바가지에 삶은 감자 담아놓고
토끼 입처럼 즐겁다

분봉

나하고 살자 나하고 살자
날 따라가자 날 따라가자
너만 있으면 너만 있으면
우린 부자가 된다 우리는 부자가 된다
아침부터 저녁까지 웃음 띤 얼굴로
시뻘건 태양 아래서
이마에 솜털이 반들반들해질 때까지
꿀물을 가져다주었지요
어머니
생각나지요
텃밭 가지 잎에 매달려 있던
한 무리의 벌떼들
새끼에게 보금자리 내주고
분가한 어미 여왕벌을
어머니
보슬비가 내립니다
같이 살자 하는 자가 없네요

고마움

창밖에 비가 내린다
허기진 배를 채우듯이
대지 위에 쏟아붓고 있다
빗물이 흘러갈 곳을 찾지 못해
길바닥이 바다처럼 되었다
철버덕 철버덕
얼굴 없는 그림자가 다가오는 것 같다
여느 때보다
가로등이
더
환하게 밝히고 있다

시골집

시골집 마당 가 텃밭에는
풋고추가 많이도 열려있다네
담장 따라 메마른 나무 섶을 타고
늙은 오이 몇 개도 늘어져 있다네
옆에는 방울토마토가 땅바닥에 소복이
떨어져 물러 터져있다네
요양원에 어머니가
망할 놈의 자식이라고
욕을 하네

초롱꽃

나는 이 세상을 다 가지고 있습니다
그대가 나를 볼 수만 있다면
이 세상은 그대의 것입니다
내 그대가 원하는 걸 주려 합니다
나를 가져가 보세요
내 몸은 무지개입니다
그대가 나를 알아본다면
나는 그대를 위해 등불이 되렵니다

그대에게 주려고

냇가에 야생화가 꽃을 피웠다
꽃잎에서 과자 냄새가 난다
가까이 다가가 허파에 가득 채웠다

비 오는 날

쇠똥냄새
거름더미에 갓 버섯
빈터에 망초꽃
축사 처마 밑에 개구리
동네 형들 비옷 입고 족대 들고
물고기 잡으려고 건너 냇가
흙탕물 속으로 들어간다
옆방에 이웃 할머니
손자야 공부 좀 해라
이담에 뭐가 되려고
텔레비전만 보냐고 뭐라 한다
빗방울 소리
내 청춘의 선율이 다정하게 다가온다

아가야

눈을 떠봐요
예쁘다
왜 이리 예쁘지
엄마 목소리 들려요
뭐하고 놀까요
귀염둥이
쭈쭈 쭈쭈
애고 좋아
애고 좋아요
옷 갈아입고
맘마 먹어야지
잠이 와요
잘 먹고
잘 자고
우리 쑥쑥이
사랑해요

백합꽃

하얀 빛이 무슨 말을 하려는 듯
쏜살같이 달려왔다가 햇살 사이로 사라졌다
나는 하늘 보며
커다란 물고기 한 마리 잡겠다며 길을 걷는다
날벌레가 담쟁이 이파리 틈으로 드나들며
수다를 떨고 있다
축제야 축제
문득 생각이 나서 되돌아가 본다
꿀벌들이 하얀 꽃잎 위에서 춤을 춘다
하얀 심장도 뛰고 있다

무지개

알레르기가 있으신가요
꽃은 질투를 합니다
귓속이 간지러우신가요
당신은 아름다운 꽃인가 봐요
졸린던 한눈을 하지 마세요
너무 많은 것을 그리다 보면
이유 없는 잠꼬대를 하게 됩니다
먹구름을 헤집고 장마비가 오면 마음구석에
곰팡이는 번져가고 그대 냄새는 더 잘 느껴지고
뽀시락 거리는 소리 더 크게 들립니다

증오

오늘 하루 종일 악마에 홀린 것처럼
화가 나서 떨떠름한 표정으로
사랑하는 가족들을 불안하게 만들었습니다
내가 원하는 것과 또 다른 욕심이 원하는 것은
같을 수가 없지요
어떻게 하는 것이 최선의 방법인지 생각하고
생각해 볼 뿐입니다
다만 내 가슴에 웅크리고 앉아있던 속마음이
바위틈에서 흘러나오는 샘물처럼 강물과 섞이면
형체를 알 수 없을 때까지
치졸한 군상들이 선선히 다가오는 바람과 만나면
앓던 이를 뺀 것처럼 기분 좋아지듯이
기다려봅니다

일

나를 기다리게 하는 것
잘 보이지 않아도
잘 표시 나지 않아도
튼튼하게 성을 만들어 간다
번데기가 나방이 될 때까지

산다는 것

상가 앞 좌판에는
고추장을 뒤집어 쓴 떡볶이가
사람들을 붙들고 있다
횟집 앞 어항 속에는
물고기가 배를 바닥에 깔고
손님을 기다리고 있다
하늘은 여유가 있다
구름 한 잎 따다가
손바닥에 펼쳐놓고
햇살 한 점 올려놓고
나뭇가지 사이 거미 한 마리
걸쳐서 쌈을 싸 먹는다

여름 숲

살랑살랑 살이 쪘네
하늘이 보이질 않아
햇살이 마음에 들었나 봐
숨소리 들리지
모기가 쉬고 있어
움직이지 마
풀잎이 독을 품고 있어
긴소매에 긴 바지
온몸을 감싸야 해
썩은 냄새가 좋아
산소는 싫어
난
너 가 좋아

망상

7월에 비를 맞으면
도라지꽃처럼 하얀 마음이 됩니다
7월에 비를 맞으면
그대가 보라색 도라지꽃이 됩니다
7월에 비를 맞으면
눈이 이마에 하나 뒤통수에 하나 됩니다
7월에 비를 맞으면
귀는 손등에 하나 발등에 하나 됩니다
7월에 비를 맞으면
코는 하늘을 향하게 됩니다
7월에 비를 맞으면
입이 가슴에 있습니다
7월에 비를 맞으면
밤은 짧고요 괴물이 됩니다

반거충이

해가 중천에 떠 있다
일 좀 해볼까
내 솜씨를 믿는다
텃밭에 잡초
빨리 뽑고 쉬자
태양이 혈관 속으로 뛰어다닌다
땀방울이 눈을 찌른다
가슴이 답답하다
조금만 참고 해보자
목구멍에 불똥이 튄다
못 견디겠다
일이고 나발이고 미치겠다
농땡이 치지 마라
어매
나 죽네

자유

등뼈가 앙상한 떠돌이 개가
쓰레기 더미를 뒤진다
눈가에 눈곱이 끼어있다
사람들이 가까이 가면
산으로 도망간다

아내가 머리통을 쥐어박고 지나간다
주는 것 없이 밉다나
잘난 구석이 하나도 없다나
나는 찍소리 안 하고
일터로 향한다

매미

냠 냠냠
가슴까지 흔들며 괴로워하는 걸 보면
허기가 진 것 같다
갈비탕 먹으러 가자
몰라 몰 라 몰라
좀 알아듣게 말해보라고
심장이 발작나겠다
그게 아니라고
고백 고 백 고백
고백할 게 있다고
아무리 생각해봐도
무슨 말인지 모르겠다
설레 설 레 설레
설레요
만나서 반가워요
그대 몸에 기대고 노래하면 즐거워요

외도 보타니아

포토존에 앉아있으면
불볕더위에 말라버린 가슴으로
멀리서 바다가 달려온다
야자수 밑에
커다란 알로에
비너스 가든
천국의 계단을
걷고 있으면
아이스크림 손에 들고
그대가 다가와서
내 마음 둘둘 말아
신전 뒤 꽃밭에 심어 놓는다

거제도 해금강

십자 동굴 안에 따개비
소용돌이치는 바람
벼랑 끝에 풀포기
기암괴석에 부딪히는 파도
환호하는 갈매기
제트보트가 곤두박질칠 때
나도 모르게
괴성이
지금까지 쩨쩨하게 살아온 나를
바닷물에 꼴박아 넣는다

통영 미륵산 케이블카

곤돌라가 일렁한다
겁도 없이
가만히 있어
아내가 반대편 의자로 갔다
사진 찍어줄게 웃어봐
작은 섬들과 해안선을 바라보며
물고기 떼처럼 밀려오는 왜군을
전멸시켜버리고 말겠다는
이충무공의 회심의 미소처럼
눈동자에 힘을 준다
미륵산 정상
한려수도 국립공원이
한눈에 펼쳐 보인다
아름다움이란 이런 거야
사진에 담고
가슴에 담고
생각날 때 꺼내 볼 수 있는 곳

모항

고깃배가 거미처럼 하얀 실을 뽑아내며 지나간다
저기엔 장가든 아들 보금자리가 있고
직장 다니는 딸 승용차가 있다
모터보트가 휴가 온 가족들을 태우고
출렁이는 물결 위를 쏜살같이 달려간다
저기엔 예쁜 딸이 있고 사춘기 아들이 있다
바나나보트가 놀러온 아줌마들을 매달고
신나게 뛰어간다
저기엔 태권도 배우는 씩씩한 아들이 있고
피아노 치는 귀여운 딸이 있다
갯벌에 꼬맹이들이 걸어간다
저곳엔 엄마 아빠가 있고 즐거운 놀이터가 있다
갈매기 가족이 조각 새처럼 한 줄로 앉아 있다
저 눈동자엔 헤엄치는 물고기가 있고 사랑이 있다

선운사

한낮에 산골짜기 걷다가
새소리 매미소리 두꺼비 하늘소 만나고
저녁은 집에 와서 잠을 청하는데
푸른 바람이
자꾸만 구겨진 가슴을 밟고 지나가서
잠이 오지 않네

제로섬 게임

폭우가 쏟아지는 텃밭
호박넝쿨이 이웃 경계를 넘고 있다
인공위성이 지구 대기권을 벗어나
은하계를 향해 가듯이
내일 밤은
별똥별 오는 소리 요란하겠다

여름

얕은 냇물에 참새 몇 마리 선녀처럼 내려온다
몸을 구석구석 씻고 날아간다
까치 한 마리 나무꾼 같이 나타났다
목을 축이고 얼굴과 목덜미에 물기를 훔치고 걸어간다
날파리 떼가 춤을 추며 날아온다
물결에 긴장감이 흐른다
피라미가 뛰어오른다
물방울이 부서진다
바람이 조금만 더 불어오면 좋겠다

아름다운 날

장인어른 생신이다
아들딸 손자손녀 사위들이 모여 앉아
마르지 않는 샘물을
파먹고 있다
뜨거운 태양 아래서 헤매다
목마른 강아지들처럼

박꽃

밤새도록 울고 있었나요
손수건도 없었나요
잎사귀가 흠뻑 젖어 있네요
달빛에 하얀 어깨를 드러내고
너무 많이 흐느꼈나 봐요
박 각시 이빨이 너무 아팠군요
조롱박이 많이도 열려 있네요
잎사귀 뒤에 꽃잎이 숨어있네요
밤을 기다리는군요
밤마다 피어나면 잠은 언제 자나요
꿈속에서나 만나야겠네요
내게는 내일이 더 중요한 걸요

광교호수공원

호수 위에 수련꽃이 반겨주네
내 맘을 꿰뚫어 보았는지
아침 햇살처럼 머릿속 안개를 깨끗이 걷어주네

호수가 풀 향기 콧속을 따갑게 하네
내 몸짓이 무겁게 보였는지
청량음료처럼 발걸음을 가볍게 만들어주네

호수 안에 물오리 말을 걸어오네
내 뱃속이 깡통이라는 걸 알았는지
호수 안에 물을 전부 몸통에 담아가라 하네

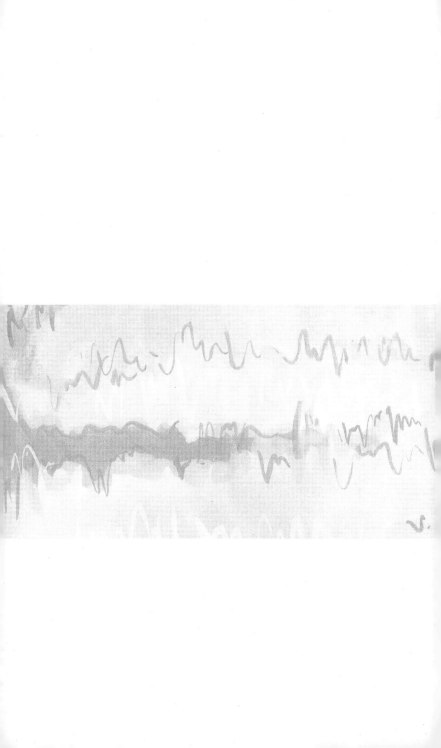

제3부

폼 나는 계절

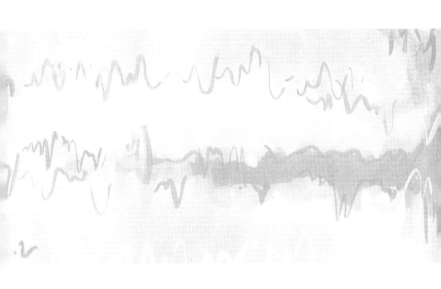

가을입니다

돌 틈에 꼬리가 끼여
꼼짝달싹도 못 하던 도마뱀이
스스로 꼬리를 끊고 달아나다
납작한 돌 위에 엎드려 있습니다
파란 햇살이 엉덩이를 찰싹 때립니다
콩밭 고랑으로 내달립니다
메뚜기들이 화들짝 뛰어오릅니다
기분이 좋습니다
창문을 닫고 뽀송뽀송한 이불 속에서
편안한 잠을 주무셨나요

무엇이 가을일까

코스모스
맨드라미
국화
단풍
귀뚜라미
황금들판
맑고 시원한 바람결
유정란 같은 달
아침에 옅은 안개 너머 해
벌통 앞마당은 전쟁터
꿀벌들의 사체와 부상병들
말 통에 막걸리 반쯤 채우고
누룩 한 덩이 넣어서
봉장 가장자리에 갖다가 놓는다
말벌들을 위한 최후의 만찬

꿈꾸는 자

초승달이 창문을 여미고
잠자지 않는 자 도둑놈
꿈꾸지 않는 자 사기꾼
하고 도망친다
무슨 소리야
마당에 뛰쳐나왔다
풀벌레 소리 요란하다

가을 하늘

너는 왜 남의 귀를 잡고 있니
그냥 좋으면 좋다고 하면 될 것을
표현 방법을 좀 바꾸어 봐
이렇게
큰소리로
귀여워 죽겠어
그럼 사진발 잘 받는다

귀빠진 날

단풍잎이 곤두박질치며 계절을 건너려 하고
장미꽃은 시간을 잊은 채 초등학교 담장에 피어 있고
달빛은 노래하며 달려오고
사랑하는 딸과 셋이 오붓한 저녁
당신은 돌솥밥에 숭늉입니다

도토리 주우러 가야지요

어머니 얼굴이 야위었습니다
깊숙이 들어간 눈 처진 목주름
주저앉은 육체에 달라붙은 아픔이
야속하기만 합니다
어머니가 하염없이 바라볼 때면
온몸에 전율이 흐릅니다
어머니
내 가슴에 무슨 씨앗을 심어 놓으신가요
사랑 행복 기쁨 즐거움인가요
슬픔 아픔 고통 절망인가요
내 가슴에 어머니의 체취가 숨소리가
목소리가 있는데 서럽습니다
너희들을 힘들게 해서 미안하다고 하는데
화가 납니다

축복

토마토 수확을 끝내고
검은 비닐 옷을 벗어 던지고
아무것도 심어지지 않은 땅이
소고기국밥을 삼키듯이
햇볕을 쬐고 있다

바람아 불어라
구름아 오너라
비가 오면 미네랄
눈이 오면 비타민
살가죽에 속속 스며들게

봄이 오면 파란 풀포기
파들거리고 있을 거야

껍데기

후미진 음지에서 벼이삭이 고개를 쳐들고 덤벼든다
마음 상할까 봐 알맹이는 어디 있냐고 묻지도 않았는데
새파랗게 핏대를 세우고 있다
그 뜨거웠던 여름날에 무엇을 했냐고 묻지도 않았는데
햇빛이 던져주는 영양분을 받아먹지 못해
속 빈 쭉정이가 되었다 하면서도 당당하게 서 있다
삶은 한 줌 지푸라기 같더라도 애착이 간다

풍년

콩잎 살랑거리는 논둑길 위로
메뚜기 뛰어오르고
벼이삭 스치는 소리
은은히 밀려오는 낟알 냄새
익어가는 벼이삭 속에
내 마음 발기발기 찢어놓는다
밤하늘에 널려있는 별들처럼

가위손

얼씨구절씨구
산이
머리에 오색 엿판을 이고
춤을 추고 있다
세월에 찌든 사람아
세월이 호강인 사람아
마음이 가난한 사람아
마음이 부자인 사람아
귀가 막힌 사람아
코가 막힌 사람아
머리가 빈 사람아
머리가 복잡한 사람아
몸이 병든 사람아
몸이 건강한 사람아
엉덩이가 무거운 사람아
엉덩이가 가벼운 사람아
내 모습 잠시 내려놓고
달콤한 냄새에 내 이빨 표시한다

문경새재 여궁폭포

어서 가세요
어서 가세요
그대는 내 앞에 서서 뭘 보고 있나요
절벽에서 메아리치는 내 음성 들리지 않던가요
저기 나뭇잎 뒤에서 내 속살을 보고 있는
햇빛과 함께
내 마음 흔드는 솔바람과 같이
내려가다가
진득이풀
도깨비풀
옷자락에 붙걸랑
저 아래 주차장에 떼어 놓고 가세요

문경새재

길모퉁이 '산불됴심'

그대의 애간장

굽이치는 맑은 물소리

그대의 심장

코끝에 맴도는 잣나무 향기

그대의 식량 창고

따뜻한 햇살에 간지러운 바람

그대의 숨소리

깊숙한 골짜기 흙 내음

그대의 미소

가슴을 파고 있는 딱따구리

꿈속에서도 그대를 꿈꾼다

* 조령 산불됴심 표석(鳥嶺 산불됴심 標石)은 산불을 경계하기 위하여 세운 돌비석
  이다. 대한민국 경상북도 문경시 문경읍 상초리의 문경새재 조령(鳥嶺)에 소재한
  다. 1990년 8월 7일 경상북도의 문화재자료 제226호로 지정되었다. 세종대왕의
  한글 창제 이후 한말까지 세워진 비석 중 유일하게 한글로만 새겨진 비석이다.

치악산

졸참나무 산뽕나무
느릅나무 고로쇠나무
볼짝을 비벼준다
흙을 밟고
돌부리를 피해서
걷다 보면
옹알옹알 계곡물 소리
엄마
아빠
아기가
처음으로 불러주는 음성만큼이나 기분 좋다

산막이옛길

깊은 산속 푸른 호수
유람선
숨소리 찰싹이며
아득히 먼 곳으로 데려가는 곳

산기슭에 손 뻗으면
나무껍질 냄새
새들이 영혼을 입에 물고 있는 곳

연화협 구름다리
지난날이 깨질 듯이 출렁이면
그대 손 잡아주는 곳

바라만 보기에
너무나 그리워
한 몸이 되었다는 사랑목이 있는 곳

보은 속리산 세조길

옅은 구름으로 가려진 하늘
일상에서 해방된 사람들
단풍은 잔잔한 바람에도 떨어지고 있다
길이 평평해서 걷기 좋다
호수가 나온다
한참을 서서 바라본다
호수가 장미꽃이 된다
그대가 나를 보고 웃는다
모두 다 그대에게 바치리라

양평 용문사 은행나무

용문사 법당에 부처님보고 기도해봐
떼 부자 만들어 준다는 사람들 말에 속지 말고
농부같이 살라 하지
씨 뿌리고 꽃 피우고 추수하고 다음 계절 준비하고
나는 신라시대 태어나서 지금까지 그렇게 하고 있어
가끔 막걸리 한잔씩 하고 헛소리 좀 하고 살아
그럼 진짜 인간이 되는 거야
그리고 건강에 신경 써
미네랄 비타민 보충하고
언제나 청춘이면 좋잖아
저기 숲속에 참새들 숨소리 들어봐
신선하게 들려오지
생명은 소중한 거야 항상 감사하며 살아
너무 욕심내지 말고 생긴 대로 살아

그녀의 기도

오늘도 해가 뜨고 새들이 노래하는 아름다운 날입니다
내가 살아있다는 걸 그대에게 보여주고 싶습니다
내일을 맞이할 벅찬 감격을 그대에게 이야기하고 싶습니다
어둠은 어떻게 몰려갔고 따뜻한 햇살은 어떻게 찾아왔는지 그
대에게 말하고 싶습니다
지금 밖에는 나뭇잎이 붉게 물들어가고 있습니다
그대와 같이 지켜보고 싶습니다
그리고 애정 어린 모습으로 바라보고 있는 그대에게 내 마음
을 몽땅 끌어안고 안기고 싶습니다
그대와 함께라면 외롭고 쓸쓸하고 서럽고 두려운 세상은 사
라지고 기쁘고 즐겁고 행운만 있는 자유로운 존재가 될 것이
라 믿습니다
나는 오늘 다시 태어났습니다

시간의 변곡점

감나무 가지 끝에 떡 감 몇 개
엄마가 감쪽대로 따서 주셨다
달다
땡감인데 달다
떫은 감이 서리 맞고 달다
꼭지가 풀려서 달다
어머니가 감을 따야 한다고 한다
몇 잎 남은 감 이파리가
뚝 뚝 소리를 낸다

면회

엄마가 꿀벌을 돌본다
훈 연기 피우면 벌통에 걸터앉고서
엄마가 웃는다
채밀기서 흘러나오는 꿀을 손가락으로 찍어 맛보면서
엄마가 소리친다
산속에서 오갈피 약나무 캐다가 텃밭에 심어 놓고서
엄마가 저기 온다
까치독사 몇 마리 칡이 줄에 주렁주렁 엮어서
엄마가 병원 가자 한다
무릎에 뼈 주사 한 대 맞고 꿀 따러 가자고
엄마가 노래 한다
그토록 믿었던 세월이 날 버렸다고
엄마가 뭐라 한다
우리 삼 형제 보고 어서 가서 돈 많이 벌라고

들국화

날씨가 추워지는데 꽃이 핀다
꽃이 핀다고 꼭 열매를 맺어야 하는 것은 아니다
내 안에 내일을 기약할 수 있는 씨앗이 있다면

꽃을 피우고 차가운 밤이 다가온다
조급해 할 필요는 없다
해가 저물어 갈 때 저녁놀이 아름답다고 느끼면 될 뿐

간밤에 서리가 꽃잎을 꺾었다
아파하지 말자
잠자면서 오늘 하루 육체의 수고로움이 사라지듯
생명의 기운이 잠시 휴식에 드는 것

가을비

한 손엔 벼이삭 고구마 땅콩 사과 감주저리
또 한 손엔 단풍 들국화 들꽃 갈대 강아지풀
손목을 잡고 있다
추질 추질 내리는 빗방울에
몇 대 얻어맞고
안쓰럽게 매달린다

훈수

부모에게 빚지면 효자된다
영끌 투자하면 부자된다
아부 잘하면 원하는 것 얻는다
공짜 선물 자주 주면 친구된다
너와 나 맨날 만나면 그리움 쌓인다
세상은 요렇게 변하는 것
앞으로 내 시간 코뚜레 꿰고 싶다면
눈 감고 그림 한번 그려봐

기다림

차가워진 공기가 피부에 닿을수록
돈 많이 벌어서 폼 나게 살고 싶다
날은 짧아지고 허기진 욕구가 답답하게 지나간다
새로운 정보를 습득하는 것
익숙한 일에 노련해지는 것
계획을 세우고 목표를 달성하는 것
땀 흘리며 노력해야 할 것들
진상 고객들
언제나 참고 극복해야 하는 것들

낮과 밤

나를 깨운다
나를 꿈꾸게 한다
나를 본다
나를 더 깊게 느낀다

이름

옥아 고생했다
옥아 수고했다
옥아 고맙다
옥아 기쁘다
옥아 자랑스럽다
옥아 잘했다
옥아 최고다
옥아 사랑한다
옥아 행복하다
옥아 멋쟁이
내 이름 열 번만 불러봐
만우절이라도 거짓말은 못 할 거야
남의 밥그릇이 더 커 보여도 하이에나는 되지 않을 거야
내 마음의 껍데기를 깨고 나온 이름
사자 떼가 다가와도 겁나지 않아
정의의 여신상은 숨 쉬고
된장국에 도토리묵 한 젓가락 입에 넣어도 즐겁다네

아들만 둔 죄

찬바람이 분다
아버지가 배추를 뽑아가라 한다
둘째도
셋째도
처갓집에서 김장을 해서
필요 없다고 한다
우리 집도
다음 주에 처갓집에서
김장을 한다고 한다
뽑아서 창고에 두면
다음에 가지러 간다고 해야겠다

우주의 신비

소나무 가지 끝에 숨결
냇물이 흘러가는 입김
햇빛이 몰고 오는 맥박
밤하늘의 고상한 반짝임
어머니의 부드러운 기도
성스러운 울음소리

시험 보는 날

하늘이 매섭다
마음을 가다듬고 냉정해져야지
실수하지 말자
자세히 들여다보고 집중해야지
조금 덜 자고 조금 덜 놀고 조금 덜 게으름 피울걸
후회는 나답지 않다
결과는 나를 깨우는 것
어쨌든 행운을 빈다

낙엽

바람이 창문을 흔들며 지나간다
집주변 골목길
상가 옆 가로수길
뒷산에 오솔길
호수가 공원을 맴돌며 몸부림친다
그동안 마음 아프게 한 감정들이 있다면
용서해달라고 하고
지금까지 곁에 있어서 고맙다고 하고
먹이를 먹자마자 싸버리고 날아가는 새처럼
날아간다

신을 사랑할 수밖에 없는 이유

궁평항
바라본다
거대한 바다
끝없이 펼쳐진 바다
무섭게 출렁이는 바다
마음을 키워 본다
공작새가 꽁지를 펼친 것만큼 키웠다
갈매기가 바다에 뛰어든다
나도 할 수 있을까
아무리 키워봤자 똥배짱이다

제4부

아름다운 계절

첫눈

가위바위보
한 발짝
가위바위보
한 발짝
하얀 모자 쓰고
두 손 호호 불며
네 가슴 슬쩍 들춰보고
너를 꼭 끌어안을수록
조금은 더 넓게
조금은 더 크게
동그라미 그린다

결혼

너의 눈을 보며 맹세한다
오직 너만 좋아한다고
오직 너만 생각한다고
오직 너만 사랑한다고
너의 손을 잡고
너의 가슴을
항상 들려다 보고
내 힘을 다하여 채워 주리라

산수유 열매

설익은 눈발이
빨간 열매 끝에서 반짝인다
가슴 벅찬 순간들
설레는 소리들
잔잔한 숨소리 내며
물방울 만들고 있다
새악시 볼처럼

바보

하늘 보며 걷는다
누군가 머리를 툭 친다
뭐지 몰라 허허

옆을 보며 걷는다
또 누군가 머리를 툭 친다
뭐지 몰라 허허

앞만 보며 걷는다
또다시 누군가 머리를 툭 친다
뭐지 몰라 허허

아내 손을 꼭 잡고 걷는다

쓸데없는 걱정

구름이 해를 가리고
찬 바람을 불러 모으고 있다
새끼 밴 길고양이가
아파트 울타리 쪽으로
느릿느릿 걸어간다
집은 어디에 있을까
포근하고 안전한 곳에 있을까
나와 같은 시간대를 살아가고 있는
저 생명도
언제나 행복을 꿈꾸겠지
새로운 생명이
이 세상에 태어나는 날은
따뜻한 날이면 좋겠다

선생님

귀는 열어놓고
가슴은 달아나려고 했던 날
꿈 조각 하나 넣어주려고 했다
그날은 잊혀갔고
아무것도 생각나지 않는다
세월을 안고
날씨는 차가운데
우리를 만나보러 먼 길을 오셨다
건강 우정 인생
우리 앞에 놓여있는 것들
잃어버려서는 안 될 것들이
새롭게 태어났다

호기심

너는 오고 있고
나는 보고만 있고
젖 냄새 풍기며
꿈속에서 갓 깨어난 아기
내 눈동자 따라온다
뚜 리 뚜 리 까꿍
방긋 웃는다
보여주고 싶었다
나도 재미있는 사람이라고

동짓날

금빛 달이 구름 밑에서
꿀렁꿀렁하고 있다
팥죽에 듬성듬성 박혀있는
새알이 지나간다
요양원에 어머니
손수
무 숭덩숭덩 썰어
생저리 만들고
된장 부글부글 끓여서
아버지하고
밥상에 마주 앉아
밥 한번 먹고 싶어 한다

계절

촘촘히 담을 높여간다
가두어 두어야 한다
도망가지 못하도록
살찐 돼지들을
회오리바람이 분다
옷을 벗어 던진다
너들 왜 그러는데
열 받을 일 있나
쉽지 않네요
자랑할 게 없어요
소리 나는 곳을 보세요
찰깍
사진 한판 찍어 둡시다

다짐

밑줄
별표
사진
물음표
지난 기록들
지금부턴
감동으로
만든다

아이 마음

눈사람 만들어 놓고
어둠이 찾아와도
떠나지 못하고 있다
추워서 울 것 같은
눈사람 끌어안고
달래고 있다

눈 오는 날

참새는 찔레나무 덤불 속에서
딱새는 망개나무 덤불 속에서
박새는 갈대숲에서
노래하고
나는 꽝꽝 얼어붙은 도랑에서
동생들과 썰매 타며 논다
엄마가 저녁 먹으라고 찾아올 때까지
우리 집 똥개는
개 문지방에 턱 받치고 생각에 잠겨있다
꽁지 살랑살랑 치며 달려 나오지도 않고

겨울나무

그대 어깨에 눈송이가 내려앉는 모습을 보면서
나의 의자가 되어 달라 한다
그대가 찬바람과 당당히 맞서고 있는 모습을 보면서
나의 집이 되어 달라 한다
그대가 햇볕을 쬐며 웃고 있는 모습을 보면서
나의 마음이 되어 달라 한다
그대는 완전 생명체
나는 미완성 인간
신은 언제나 같이 손잡고 걸어가라 한다

맹물

너는 핫바지
빨강 파랑 노란색으로 물들이고
단물을 빼먹는다
너는 더 이상 투명하지도 깨끗하지도 않은
걸레가 되었다
너는 너의 정체성을 잃지 않으려고
다툼이 있을 때는 까칠한 성격이 되어
맞장을 뜰 때도 있었고
어느 때는
어머니 젖가슴에서 흘러나오는
하얀 우유가 되려고도 했었다
너는
들판에 홀로 서 있는 허수아비처럼
새들의 놀이터가 된 지도 오래되었다
너는 나에게
피할 수도 도망갈 수도 없는
자존심인걸

부동산 대책

에이 타입

비 타입

씨 타입

각자 취향에 따라 그림을 들고 온다

시간이 지나면 금빛으로 변하는 것으로

나는 불로소득은 싫어요

남들이 가슴 아파하는 것도 싫어요

여기서 평생을 살 건데

지금보다 내리지만 않았으면 좋겠어요

두더지가 머리를 내민다

도깨비방망이로 마구 내려친다

제발 좀 움직이지 마라

겨울

잠들기 전에
창밖에서 눈보라 일으키며 달려오는
말 울음 소리 들었다
그리고 밤새도록
새끼돼지가 내 품 안으로 달려드는
꿈을 꾸었다
차량들이 길 위에서 엉금엉금 기어간다
한참 후에 노란 글씨가 보인다
로또 명당
1등 18번
줄을 잘못 섰다
오늘은 따뜻한 햇살이 그리워지는 날이다

중환자

아픔이 어떻게 상처를 남기는지
고통이 얼마나 슬프게 하는지
간절함이 무엇을 말하는지
가슴으로 느끼며
아직도
쓰리고
아린 마음은
하늘의 뜻이라 생각하고
다시 찾은 행복감이 심장을 뛰게 하며
이 세상에 살아있다는 것은
그 어떤 기쁨으로도 대신할 수 없으며
앞으론 예전과는 조금은 다르게
살아야겠다는 다짐
푸른 하늘 보고
흰 구름 보며
천사의 손길에 감사하고
죽는 날까지 나를 잘 보살피고 아끼며 살아가야지

눈이 오면

눈이 오면
툭 튀어나온 너의 입술 닮은 눈사람 만들고 싶다
눈이 오면
눈덩이 크게 뭉쳐 너와 눈싸움 하고 싶다
눈이 오면
너와 나란히 눈 위에 누워 하늘 끝까지 달려가고 싶다
눈이 오면
내 등에 업혀라 너에게 또 하나의 내가 되고 싶다
이런 생각도 눈이 오지 않는다면 무슨 소용이 있을까
알기나 할려나
경애야

장돌뱅이

마을버스가 꾸물꾸물 걸어오는 사람들을 지켜보며
클랙슨을 눌러댄다
술꾼들 손에 비닐봉지가 흔들흔들
내 손
검은 비닐봉지 속엔 조기 두 마리
파란 비닐봉지 속엔 오뎅 한 덩이
투명 비닐봉지 안엔 옥수수 두 통
집을 찾아가고 있다
순댓국집에 사람들이 바글바글
순댓국이 먹고 싶다
다음 장에 들르자

내일모레가 설날인데

아내에게는 뜬구름 잡는 돈키호테가 되지 말고
언제나 깨어있는 태양이 되자
아들에게는 믿음직한 친구처럼 말이 통하는
달이 되자
딸에게는 다정한 연인처럼 무엇이든 들어주는
별이 되자
설날에 새 옷 입고 차례 지내고 떡국 한 그릇 먹고
모두에게 필요한 존재가 되자

특약사항

  할아버지 산소 가는 동네 어귀에 서낭나무가 있습니다. 매년 정월 초사흘이면 동네에서 고사를 지냅니다. 한지 한 장을 새끼줄에 걸쳐 놓습니다. 그 한지를 가져다 글을 쓰면 공부를 잘한다고 합니다. 항상 발 빠른 친구의 몫입니다. 이젠 시골에 아이들이 없나 봅니다. 몇 해 전부터 내 것이 되었습니다. 작년에도 가슴에 안고 집에 왔습니다. 자격증 공부를 하고 있는 아들에게 주었습니다. 아들은 합격을 했습니다. 오늘 아들 책꽂이에 꽂혀있는 한지를 보았습니다. 아무 글씨도 흔적도 없습니다. 한지를 펼쳐놓고 병원 신세 지고 있는 어머니 아프지 않게 해주세요. 홀로 시골에 계시는 아버지 건강하게 오래오래 우리와 함께하도록 해주세요. 가족들 형제들 친척들 친구들 모두들 언제나 건강하고 행복하게 해주세요. 하는 일 잘 되어서 대박 나게 해주세요. 가장 소중한 것들을 적었습니다. 그리고 생각해봤습니다. 삶은 어차피 모든 일상을 안고 가야 하는 것이기에 아픔과 기쁨과 욕심에 흔들리지 않는 마음이 되게 해달라고 적었습니다.

보석 같은 시간

약국 앞에 차를 세웠다. 명치 밑이 아프다. 숨쉬기가 힘들다. 약 한 봉지에 물 한 모금 속이 한결 시원해졌다. 고개 너머 마을에 물건을 전해주어야 한다. 밤새 내린 눈이 녹지 않고 길에 얼어있다. 차바퀴에 체인을 감고 조심조심 내려간다.

천 원을 벌기 위해 목숨까지 담보해야 한다. 늦게 도착하면 혼쭐이 난다. 우유에 빵 한 조각을 목구멍으로 넘기며 부지런히 달려야 한다. 집안에 큰 행사가 있어도 친구들 모임이 있어도 참석하지 못한다. 이 일은 남이 대신할 수 없다. 오로지 이 일에만 매달려야 한다. 언제나 바쁘다. 언제나 시간이 없다. 언제나 일만 한다. 돈은 되지 않는다.

어쩌다 휴일엔 할 일 없이 침대 위에서 뒹굴 때도, 한낮에 달콤한 단잠을 즐길 때도, 아무것도 하지 않고 멍때릴 때도, 심심해서 친구들에게 전화할 때도, 운동한다고 냇가 길을 뛰어다닐 때도 있다.

못된 놈

아버지 정기검진 받고
시골집에 모셔다
드리고 오는 길
늙은 아버지 홀로 두고 오는 길
아버지는 무사히 도착했다고
연락 오기만 기다리며
걱정하는 길
석양은 붉은 무늬 그리며 비쳐오고
나는 불효를 서럽게 삼키며 오는 길
내일 아침이면 일 때매 이 핑계 저 핑계로
바람 든 무처럼 되겠지

봄이 온대요

밤새도록 차가움이 쌔- 쌔-
바람에 실려 가며 속삭였다네
논바닥에서 냉이가 올라오고
깊은 산속 고로쇠나무에 수액이
올라가는 소리가 들린다네
아직도 땅은 꽁꽁 얼어붙었고
산기슭에 눈이 가득한데
이불을 걷어차고 잠을 깼네
아파트 건물 아래 진달래 이파리가
검푸른 옷을 입고 떨고 있는데
햇볕이 감싸 안고 있었네
꿈속에서 겨울을 삼켜버린 것 같네

잘살자

상가 앞 보도블록 위에
비둘기 한 마리
눈물을 글썽이고 있다
날개깃이 꺾여서 튀어나오고
꽁지깃도 몇 가락 빠져나오고 있다
병들고 노쇠한 비둘기가
수명을 다하고 있는 걸까
쭈그리고 앉아서 뭔가 잃어버린 듯
머리를 끄덕이며
주섬주섬 찾기도 한다
가족 친구 따뜻한 보금자리
쓸쓸한 푸념들이 풀풀 날린다
육체와 영혼의 이별
갑자기 인기척에 놀란 비둘기가
하늘로 날아올랐다
지기 시작한 햇빛이
비스듬히 내려오고 있다

침묵의 시간이 흐르고 난 후

어둠 속 신음 소리
개구리들 산란 소리
이른 아침 비명 소리
햇살이 군자란 꽃망울을 간질이고 있다
세상이 시끄럽다
눈으로 보지 않아도
코로 맛보지 않아도
향기가 타오르고
생명이 꿈틀거리고
입으로 말하지 않아도
우유
우윳빛 하늘이 춤을 춘다

겨울이 가고 있다

공원에 누가 눈사람 만들어 놓았다
얼굴은 코주부
머리엔 뿔이 나 있다
장독대 위에 소복이 쌓여있는 눈처럼
살얼음 밑에 동치미처럼
맑은 콩나물 국물처럼
이유를 묻는다면
아버지 어머니
우리 형제들
추억이 서려 있는
집이 생각났다면
답이 될까

신기루

개울가 작은 웅덩이
긴 바지
무릎까지 둥둥 걷어 올리고
송사리 잡으려고
따라가다가
물때 앉은
평평한 돌 위에
손가락으로
송사리야
나하고 놀자
써놓고
가만 가만히
물 밖으로 나와
지켜봅니다
아직 겨울이지요

욕심

세상에서 변하지 않는 게 있다면
저 하늘에 해와 달과 별
내 앞에 무한대로 펼쳐진 공간들
내가 밟고 있는 땅

세상이 변한다는 것은
저 하늘에 구름이 지나가고
바람이 불어오고
비가 오고
땅에 새싹이 돋아나고 꽃이 피고 열매 맺고
내 배가 부르면 즐겁고

정말로 알 수 없는 것은
빚을 내서라도 부자가 되고 싶은 내 마음
저 산 위로
먹구름이 밀려오고 천둥이 치고 벼락이 떨어져
다 태워 버린다 해도

오늘도

먼동이 창가에서 날 깨우고 있어
상쾌한 바람이 문 앞에서 날 기다리고 있어
새들이 지저귀며 나뭇가지 위에서 날 반기고 있어
당당히 걷자
일은 해야지
놀고 있으면 안 되잖아
배곯고 있으면 안 되잖아
아픈 척하지 마
불쌍해 보이잖아
슬픈 척하지 마
힘 빠져
외로운 척하지 마
초라해 보이잖아
잘살자
앵무새 한 마리 곁에 두자

나는 왜 가슴이 뛸까

이승일 지음

발행처   도서출판 청어
발행인   이영철
영업   이동호
홍보   천성래
기획   남기환
편집   방세화
디자인   이수빈 | 김영은
제작이사 공병한
인쇄   두리터

등록   1999년 5월 3일
          (제321-3210000251001999000063호)

1판 1쇄 발행 2023년 2월 20일

주소   서울특별시 서초구 남부순환로 364길 8-15 동일빌딩 2층
대표전화 02-586-0477
팩시밀리 0303-0942-0478
홈페이지 www.chungeobook.com
E-mail   ppi20@hanmail.net

ISBN   979-11-6855-128-2(03810)

본 시집의 구성 및 맞춤법, 띄어쓰기는 작가의 의도에 따랐습니다.